KB105831

따스한
봄
어느 날

따스한 봄 어느 날

발행일	2016년 06월 30일

지은이	고 영 일		
펴낸이	손 형 국		
펴낸곳	(주)북랩		
편집인	선일영	편집	김향인, 권유선, 김예지, 김송이
디자인	이현수, 신혜림, 윤미리내, 임혜수	제작	박기성, 황동현, 구성우
마케팅	김회란, 박진관, 김아름		
출판등록	2004. 12. 1(제2012-000051호)		
주소	서울시 금천구 가산디지털 1로 168, 우림라이온스밸리 B동 B113, 114호		
홈페이지	www.book.co.kr		
전화번호	(02)2026-5777	팩스	(02)2026-5747

ISBN	979-11-5987-095-8 03810(종이책)	979-11-5987-096-5 05810(전자책)

잘못된 책은 구입한 곳에서 교환해드립니다.
이 책은 저작권법에 따라 보호받는 저작물이므로 무단 전재와 복제를 금합니다.

이 도서의 국립중앙도서관 출판예정도서목록(CIP)은 서지정보유통지원시스템 홈페이지(http://seoji.nl.go.kr)와
국가자료공동목록시스템(http://www.nl.go.kr/kolisnet)에서 이용하실 수 있습니다.
(CIP제어번호:)

성공한 사람들은 예외없이 기개가 남다르다고 합니다.
어려움에도 꺾이지 않았던 당신의 의기를 책에 담아보지 않으시렵니까?
책으로 펴내고 싶은 원고를 메일(book@book.co.kr)로 보내주세요.
성공출판의 파트너 북랩이 함께하겠습니다.

놀이터book여기

조영주 시집

새를 날려 보내다

프롤로그

2016년 1월 문득,
이렇게 정신없고 지치고 힘든데 뭐하고 있지?
왜?
내가 뭐하는 것일까?

정리를 하자, 앞으로 갈 길이 멀어서
준비를 하자, 앞으로 살날이 얼마인지 몰라서
생각을 하자, 단조로운 일상에서 쉼표를 찍자

'의심' - 한 구석 모퉁이에 조그만 여우 하나
쓸쓸하고, 외롭고, 순수했던 20대 초반 처음 썼던 '의심'은

'가면' - 누군가가 내 자신의 또 다른 얼굴을 하고선
사회의 타협과, 이중성으로 40대의 '가면'으로 지나가고

'기도' - 제 운명이 비록 여기까지 일지라도
앞으로 나갈 수 있는 용기를 달라고 '기도'하는 마음으로
인생을 살아가고 싶다

따스한 봄 어느 날

몇 년 전부터 다짐했던 것이 있었습니다. '지금까지 써왔던 인생 시들을 정리하고 정신도 리셋하고 싶다고.'

"나를 쓰자!"

머리에서 계속 맴돌았던 다짐과 어울릴 것 같지 않은 모양새 그리고 '어떻게 하지'라는 의구심에 멈춰 왔던 것을 지금 이렇게 글로 남기게 되었습니다.

처한 현실이 너무 복잡 다양하다라고나 할까요. 앞만 보고 달려와서 정신없이 살아가고 있는 게 서글프고 힘들었습니다. 달리다 이리 넘어지고 저리 부딪혀서 온갖 보지 말 것, 말하지 말 것, 해하지 말 것들을 너무나 자연스레 행하고 있었습니다.

이런 나를 돌아보며 쉼표를 붙여 보자는 의미에서 아주 오래전 하드디스크에 저장해 두었던 시들을 다시 꺼내어 읽어 보고 새로 쓰기도 하며 위로 받고 위안을 찾게 되었습니다.

후원센터를 운영하다 보니 다양한 민족과 문화, 그에 따른 갈등, 이해관계에서 오는 분쟁과 구호 활동 등 필요에 따라서 운명을 좌지우지 할 수 있다는 게 더 절실하게 느껴졌습니다.

조그만 후원에 여러 생명을 구할 수 있는 게 지금 우리가 살고 있는 세상입니다. 내가 처한 어려움은 당장 해결해야 할 의식주가 아니지만, 분쟁 중인 나라에 사는 사람의 어려움은 당장의 생사가 결정되는 것이라고 생각 하니 더더욱 내 자신을 돌아보게 되고 성찰하게 됩니다.

때문에 읽는 이로 하여금 현재의 시련을 이기고 앞으로 더욱 용기를 내라고 하는 마음에 이 시를 쓰게 되었습니다.

내 마음을 정리하고자 썼던 시는 읽는 이에게 용기와 희망을 주었으면 하고, 인생을 준비하고자 썼던 것은 인생을 겸허히 살아가야 할 것 같다는 생각에 공유하고 싶었고 생각하고자 했던 것은 회상과 추억을 담아내고자 담담하게 글로 옮겨 보았습니다.

세상이 아름답다는 것을 뒤돌아보게 한 이 책이 저에게 용기를 줬고 고마웠습니다. 살면서 중요한 것은 물질적인 성취나 성공보다 펜으로 써내려 간 하나의 글과 감성이라는 것도 알게 되었습니다.

『따스한 봄 어느 날』을 펴내며, '성공'이라는 것을 잠시 접고 '존재'라는 것을 통해 나를 좀 더 이해할 수 있는 시간이 되었습니다.

2016년 6월
다함이 없는
고영일

차 례

CHAPTER 2.

사랑

CHAPTER 3.

인생

CHAPTER 1

휴식

산

높은 언덕 위 소나무
뜻에 따라 있지 않을 터
홀씨 되어 바람에 이른 곳
내자리가 그곳이다

힘겹게 오르고 보니
짐을 가벼이 내려놓는 곳
근심, 걱정 없이 걷고 또 걷고
이른 곳이 그곳이다

가고자 하는 곳
바람에 날려 이른 곳
각자의 삶은 변화무쌍하나
푸르른 산만 항상 그곳이다

The Café

입구에서 맨 뒤쪽
모서리 한 귀퉁이 자리

홀로 앉아 카푸치노 한잔
입술에 거품을 지운다

또 다른 이는 입구 앞쪽
큰 창이 있는 창가 자리

카운터 옆 바리스타에게
아메리카노를 주문한다

이렇게 둘은
먼발치에서 서로의 안부를 묻듯
눈인사를 한다

　　　　　　　　따스한 봄 어느 날

조용한 선율의 팝송이 흐르고

향기로운 커피 향은

카페를 가득 채운다

구멍 송송 돌담길

덩굴로 뒤덮인 구멍 송송 현무암
서로의 힘이 되어 쌓아 올린
돌들의 성곽 돌담

돌담과 돌담이 이어지는 공간
어떤 이의 길이 되고
서로의 길동무가 된다

햇볕이 내리쬐고 비바람이 매서움
항상 그 자리에 버티고 서서
나그네의 작은 성이 되어 준다

돌담이 나뉘어선 작별
각자 다른 길을 걸어가지만
돌담은 다시 당신의 동반자가 된다

따스한 봄 어느 날

제주 비행

설레임을 안고 게이트를 찾아가다보면
한 무리의 사람들 형형색색 옷과 배낭, 선글라스
웃음소리가 다할 때 하나 둘 비행기에 오른다

귀가 먹먹해지고 무료함에 하품 한 번 하다 보면
어느덧 안내 방송, 비행기가 기울어 몸이 기우뚱
창 밖 한라산이 옆으로 스치듯 날아 착륙한다

문이 열리고 바깥 공기를 들이 마시면
따사로운 내음과 함께 저절로 기지개를 활짝
가벼운 발걸음으로 계단을 내려온다

온몸으로 바람의 향취를 느낄 때쯤
그제야 얼굴을 들어 하늘을 쳐다보고
나도 모르게 방긋 웃음 지어본다

고향

흙먼지 날리며
술래잡고 웃고 뛰놀던
시골길

구멍 난 난닝구 입고
물장구 치고 개구리 잡던
저수지 내천

엄청난 우렛소리
총부리 주워 다 불장난 치던
어느 묘

이젠 대로와 주택들이
빼곡히 그 추억을
채워 넣었다

따스한 봄 어느 날

광명인도

속된 미물이 되어 환생
마음 속절없이 슬프다

하염없이 기다리고 고뇌하여도
풀리지 않은 실타래처럼 엉켜있다

무엇이 이리도 고달프고 힘든지
무엇이 잘못인지 모르고선

한낱 미천한 몸뚱아리 하나
이제야 보고 들을 수 있어서

안개 속인 길을 광명으로 인도하시어
혜안과 뉘우침을 갖게 하소서

금각사

부슬부슬 비가 내리고
반짝이는 금박이 씻겨 내린다

사원을 둘러싼 연못은
온통 노랗게 물들어 있다

손을 합장한 이들의 눈동자엔
빛이 발하여 몸을 숙인다

부처의 색욕은 허망하다 하나
마음과 손은 저 앞으로 뻗어 있다

눈이 타들어가듯 눈부심
마음 접어 두 손 고이 모아 합장한다

따스한 봄 어느 날

사진

동그란 눈을 부릅뜨고
한곳을 응시하며
순간 멈춘다

보고자 하는 모습을
한 치의 오차 없이 잡아내고
찰나에 비웠다 밝힌다

그리곤

훌훌 털려버린 앙상한 뼈다귀
속박된 사물은 날려 버리고
아무짝 필요 없는 해골만 보인다

따스한 봄 어느 날

정신은 없고 겉치레만
나는 없고 옛 과거만
인생은 없고 인화지만 남았다

네온사인

쏟아진다
흘러내린다

빌딩 위 아래로 쏟아지듯 내린다
사이사이로 캄캄한 어둠만이

아름답다
황홀하다

오직 그 네온사인만이 아름답고 황홀하다
내 마음 한쪽은 쓸쓸히 어디로 향하는지…

네온이 환하다

따스한 봄 어느 날

아리아리 고개

굽이굽이 산 정상을 휘돈다
정상 분지엔 밭을 가는 트렉터
황갈색 흙냄새가 차창 안으로 배어든다

넘실넘실 내천은 흐른다
움푹 패인 골짜기 사이 물길
시원한 바람과 졸졸 소리소리

쭈볏쭈볏 산등성이는 가파르다
돌무더기들이 쏟아질 듯한 산허리
절벽에 걸려있는 것이 아슬하다

넘고 넘는 고개들을 뒤로한다
서로 떨어질 수 없는 듯한 산과 내천
어깨동무하며 깊은 적막강산으로 묻힌다

따스한 봄 어느 날

마징가Z

호버파일더 타고
파일더 온!

우렁찬 목소리로 응원가를 부르던 1988년
내가 생각하는 1988년은,
흙먼지 운동장에서 선생님들의 호각 소리와
선배들의 호통치는 소리로
온 사방이 으르렁

먼지가 쌓여있는 호버파일더 옆 2016년
어느덧 세월이 흘러 누군가 마징가 보고
태권브이라고 하면
힐긋 얼굴을 째려보며 말한다
"마징가 알아?"

한때는 기운 센 무쇠다리 로케트 주먹
기운이 넘치고 무쇠도 씹어 먹었을 때
그런, 그럴 때도 있었지

마음 가슴속 깊이 식어버린
나의 심장이여…
언젠가는 다시 한번 부르고 싶다

파일더 온!

따스한 봄 어느 날

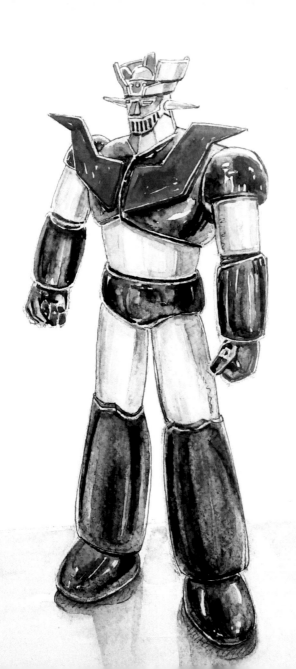

따스한 봄 어느 날

청스키니와 티셔츠, 댄디한 자켓을 입고 소파에 앉아서 우리를 지켜보고 있다
꼬마는 내가 해 준 샌드위치를 '아그작아그작' 빵 부스러기를 떨어뜨리며 텔레비전에
눈이 가 있고 나는 샤워하고 머리를 말리고 있다
"안 가? 빨리 해!"
재촉하는 소리에 옷을 입고 차키를 챙겨 현관문을 나선다
엘리베이터를 타고 몇 층에서 다른 가족이 타고 1층으로 향한다
그 가족도 투표하러 가겠구나 생각할 때쯤 1층에 와서 서로의 가족을 챙긴다
길가엔 앞선 가족들 앞에 또 다른 남녀가 그 앞엔 운동복 차림의 아저씨가 총총히 앞서거니 뒤서거니 걸어가고 있다
꼬마는 오래전 장난감을 샀었던 상가 쪽 길이라 자꾸 그리로 가자고 보채며 재잘재잘거린다

투표소 학교 정문 앞, 항상 정문이 닫혀있는 것만 봐서 그
런지 오늘은 활짝 열려 있어 신기했다

주말이면 이 운동장에서 꼬마와 자전거 타고 가끔 야구공
주우러 다녔었는데…

오늘은 자동차들이 운동장까지 들어와 주차해 있다

여태 한 번도 못 봤던 광경이라 오늘이 대단한 날이긴 날인
가 보다라고 생각했다

교실 어디쯤엔가 다다르니 줄이 서 있고 손에는 본인 확인
증들이 들려 있었다

하나, 둘 모두가 긴장을 하고 있는 것일까, 말없이 차례를
기다리고 있다

안내하는 사람들이 건네준 투표용지 2장을 가지고 기표소
로 들어갔다

내 옷자락을 잡고 같이 들어온 꼬마가 뭐라 뭐라 그러는데
나는 얼른 도장을 누르고

꼬마를 데리고 투표함에 용지를 넣었다

두리번두리번 출구를 찾아 나와서는 서로서로 말들을 하면
서 투표소를 나서는 모습이

발걸음이 가벼워 보였다

또다시 앞에는 엘리베이터에서 봤던 가족들이 걷고 있고,
우리 뒤에는 남녀가 우리 걸음을 맞추듯 뒤쫓고 있었다
하늘을 보니 따스한 공기가 불어오고 햇빛이 아름다워 보
인다
두 손 꼭 잡은 꼬마와 재잘거리며 집에 도착해서는 차 키를
꺼내며 말한다
"한강공원 가자."
오늘 하늘은 맑고 따스한 봄 햇살이 내리쬐는 오후였다

비밀의 사무실

모니터 받침대 위, 작은 인형
바라보고 있으면 아침 인사한다

침묵 없이 공허한 컴퓨터 팬 소리
내게 다가와 말을 건다

어지러이 널려 있는 서류더미
하나 둘 펼쳐보니 내게 명령한다

키보드 검은 자판을 눌러보니
검은 글자들이 밖으로 내보내 달라고 한다

볼펜, 서류, 컴퓨터, 전화, 책상 위 물건들
하루의 일과를 위해 내게 자리를 내준다

따스한 봄 어느 날

잠원동

그리 높지 않은 집들
옹기종기 따닥따닥 붙어 서 있는

아침을 울리는 변기 내리는 소리에
얼떨결에 잠이 깨고

벽면을 타고 들리는
웅성웅성 딸그락 딸그락

쉴 새 없이 엘리베이터가 위 아래로
층층마다 딩동딩동

교복을 입은 자그마한 아이들의
가방은 왜 이리 크고 무거워 보이는지

따스한 봄 어느 날

옷깃을 세우고 빠른 걸음걸이로
터벅터벅 구둣발 소리

보도블록 옆 주차해 있는 차들
창가엔 노란 스티커 딱지

삼거리 횡단보도 앞 차들은 뒤섞여
빵빵 거리며 달린다

어느덧 하루가 지나가고
창문에는 불빛들이 하나 둘 켜지고

아이들 재잘거리는 소리와
저녁 짓는 내음이 엘리베이터에 쏟아질 때

나는 다시금 엘리베이터 거울을 보며 싱긋 웃어 본다
오늘 하루도 간다

오사카

이른 아침 지하철 무심한 얼굴들
누구하나 쳐다보는 이 없이 자리에 앉는다
한산하다 못해 발걸음만
정거장 통로에 울려 퍼지고
주말을 만끽하듯 거리는 고요함만

커진 자전거 바퀴 대관람차
한껏 기분이 들떠 있어 올라탄다
속도를 내는지 이내 공중정원 위
바다와 나지막한 회색 건물
발아래 놓고 꼭 쥔 손잡이는 땀이 가득

네온사인 호사롭게 정신없이 켜져 있고
저마다 눈가에 간판에 눈이 간다
수로 옆 양팔 벌려 달리는 글리코맨

따스한 봄 어느 날

다리 위 사람들 환호하며 포즈
한가득 말소리와 음악소리 그리고 내음

썰물 빠지듯 이내 고요한 골목
선술집 좁은 의자에 앉아 술잔을 기울인다
단둘이 총총히 모여 다소곳이
나지막하게 말을 건네며 맥주 한 모금
그날의 짐을 내려놓는다

따스한 봄 어느 날

참을인忍

기다려 기다려 기다렷!
귀엽고 작은 강아지 한마리가
먹을 거 앞에 두고 기다린다

얼마나 먹고 싶으면 입가에 침이 줄줄 흐르고
눈동자는 밥그릇에 고정된 채 얼음 되어 있다
"그냥 주지, 주지 그래요!"
그 모습을 보는 이는 혼잣말로 중얼거린다

부릉 부릉 부르릉!
대기 신호등에서 갑자기 끼어드는 차
출발 신호등과 함께 멈추어 있다

얼마나 급하고 시간이 없으면
차 앞으로 떡하니 막고 있겠어요

"가요, 먼저 보내 주세요!"
그 모습을 보는 이는 혼잣말로 중얼거린다

따스한 봄 어느 날

가을비

지글지글
도로 위 들끓었던 메케한 냄새가 난다

슬금슬금
골목길 지쳐 쓰러져 있던 고양이가 움직인다

파릇파릇
먼지와 따가운 햇살에 축 늘어진 가로수들이 힘이 난다

재잘재잘
한 무리의 노란색 옷을 입은 아이들이 나란히 걸어간다

몽실몽실
하늘에는 회색빛을 띤 구름들이 바람에 한가로이 떠다닌다

추적추적

빌딩숲 사이 창가에 비가 두드리듯 하얗게 내린다

따스한 봄 어느 날

해가 지는 아침

비가 부슬부슬 내리고 있다
어디에선가 강아지 짖어대는 소리와 함께
어느 아저씨의 빗질 소리에 얼굴을 들어
창밖에 무언가를 빤히 쳐다본다
회검은 하늘은 왠지 더 이상 쳐다보고
싶지가 않아 그 아래로 떨어지는
빗줄기에 눈이 간다
끊어질 듯 이어서 오는 빗줄기 아니, 빗방울들
어울리지 않는 투명 수정 같은
뒷배경들이 속속히 들여다보인다
색 바랜 컬러 사진처럼 자신들의 겉모습을
빼앗겨 버린 건물들…
소리 없이 스르르 타고 넘는 빗줄기 아니, 빗방울들
서로를 어루만지며 별 반응 안 보인다
저 멀리 새벽의 그림자가 감기고

아침의 광명이 비추어온다

한 끝자락에 걸려 아쉬운지 어둑어둑한 하늘이 걸려있다

조그마한 하늘이…

따스한 봄 어느 날

향수

설레임으로 가득한
나의 살던 고향
섬 마을

향기로운 냄새
나의 추억을 담은
그리움

항상 그곳엔
설레임과 그리움
나를 맞이한다

　　　　　　　　　　　　따스한 봄 어느 날

협재해수욕장

파란 쪽빛 바닷가
그 너머 섬 하나
찰랑이는 파도와 섬 주변 배들이 한가롭다

하얀 넘실대는 모래사장
저 멀리 사람들
알록달록 막대사탕처럼 총총히 서 있다

하늘 아래 뭉게구름
바람 타고 흐르고
섬 하나, 사람들을 살포시 감싸 안는다

CHAPTER 2

사랑

착각

서로의 마음을 다하고
이제는 그에게 다정하게 인사를 합니다

언제나 믿음을 가지고
그에게 다가가 어깨를 내 줍니다

때로는 웃고, 울고, 떠들지만
항상 그에게는 미소가 담겨 있습니다

그에게 그런 상황들이
낯설지는 않았나 봅니다

그러고 보니 그런 인사, 믿음, 미소가
나만의 생각이었나 봅니다

그는 저 멀리 있는데…

의심

믿음, 소망, 사랑!
갈등, 미움, 증오?
그리고…

한 구석 모퉁이에 조그만 여우 하나!
그 여우는 사람을 사랑해
슬그머니 다가와서는 사람의 가슴에 파묻혀버리지
보드라운 털로 훈훈하게 따스해진
마음 한가운덴 잔잔한 파도 소리

한 구석 모퉁이에 조그만 여우 하나!
그 여우는 사람을 증오해
잽싸게 달려들더니 사람의 마음을 발가벗겨 버리지
칼날 같은 발톱으로 갈기갈기 찢겨 버린
마음 한가운덴 새빨간 핏방울

한 구석 모퉁이에 움츠린 여우 하나!
그 여우는 사람을 믿지 못했어
보드라운 털과 칼날 같은 발톱을 숨기고
우리들에게 다가왔지
마음을 여는 언젠가는

보드라운 털과 칼날 같은 발톱을 조심스레 숨기고서…

고독한 연인을 위해

그대들 불씨가 되어라

조그마한 마음의 불씨가
그대들 곁에 함께하니
장밋빛 태양과 같은 정열을 불태우네

그대들 이슬이 되어라

자그마한 마음의 이슬이
그대들 눈망울에 고이니
백합빛 눈과 같은 순수함을 간직하누나

따스한 봄 어느 날

그대들 서로의 원이 되어라

커다란 서로의 원이 되어
그대들의 마음에 공유하는
사랑을 위해 하나가 되는구나

영원히 그대들 앞에 불씨가 되어서…

하늘 아래로

맑음

하늘 아래 새가 날아들어
청명한 지저귐과 날갯짓에
미소를 머금는다

살풋한 내음에 내 가슴은
한없이 부풀어 올라 가만히
호흡을 하는다

나의 눈 안으로 들어온
파릇한 청명함에 스르르
눈물을 감는다

흐림

내 다시는 그녀에게
전하지 않으리라는 마음은
한없이 무너져 버려

방황하는 내 가슴을
부둥켜안고 나뒹구는 몸뚱아리는
잠시 동안 가라앉네

희겁은 듯한 방안에
쪼그려 앉아 조그맣게
들려오는 살바람 속삭임뿐

비

한여름 밤 잠을 자는데
어여쁜 은방울 공주 내게로
총총히 걸어와 말을 한다

"나 지금 어디론가 가는데, 같이 갈래?"

"어딘데, 어디야?"

"나의 삶이 있어, 어디론가 흘러 내려가 어디인지는 나도 몰라.

내려가는 대로 어디든지, 그곳이 어디인지는….

지옥 끝이라도, 함께 갔으면 해!"

"…."

"나 홀로 가고 싶지는 않아."

"난 도움이 안 될거야! 단지 짐이 될 뿐이야."

"그래도 같이 가고 싶어, 어디인지는 나도 모르지만…."

그곳이 어디이든 하늘 아래로…

그대바라기

언제 어디서든 당신의 기억을 되살리면
짧은 시간이었지만 그 순간을 기억합니다

어여쁜 마음과 작은 미소 그리고 예쁜 얼굴

당신을 만나 어느 하나 소중하지 않은 것이 없었습니다
심지어 당신이 건네준 휴지 한 조각도…

지금은 가까이 다가서기가 너무 먼 거리지만
항상 저의 마음은
같은 하늘 아래 있다는 것만으로도 아주 행복하답니다

그 행복을 오래 간직하고 싶을 따름입니다

항상 마음 아래엔 무언가 차갑고 어두운 공허만이

따스한 봄 어느 날

텅 빈 울림으로 들려오곤 하였지요

당신을 만나기 전에는요

당신을 통해 되찾은 삶의 가치가 너무나도
소중하게 느껴지는 하루하루입니다

당신과 함께라면 그 어떤 어려움이라도
헤쳐 나갈 수 있을 것만 같아요

봄에는 늘 푸르른 환한 모습으로
여름에는 태양 아래 시원한 그늘이 되고
가을에는 풍성하고 맛있게 열린 열매와 함께
겨울엔 따뜻하고 든든한 오두막이 되어줄 수 있는
그런 당신의 나무가 되고 싶습니다

동질

그는 밥 먹기가
참 힘들어 보입니다

숟가락 한번 잡기가 힘든지
손가락 먼저 반찬에 갑니다
한 숟가락 입에 넣고서는
또다시 눈은 다른 데로 향합니다

그는 옷을 입기가
꽤나 힘들어 보입니다

바지에 다리를 넣고
허리춤을 쭉 잡아당겨 봅니다
티셔츠에 목을 집어넣고는
앞뒤 찾아보며 손을 넣어 봅니다

따스한 봄 어느 날

그는 잠자기가
무척 힘들어 보입니다

자장가를 불러보아도
큰 눈망울만 끔벅끔벅하네요
불을 끄고 조용히 해 보지만
얼마 안 가 옷깃을 잡고 나가자고 합니다

그는 어릴 적 내 모습과
정말 똑같아 보입니다

걷고, 자고, 먹고, 웃는 모습까지
어쩌면 이리 똑같은지
서로 다른 시간을 가지고 있는데
그는 나의 어릴 적 소년입니다

창밖으로

사랑에 대답 없는

그녀를 지켜보고 있는 건 너무 슬프다

자신의 그리움에 빠져버린 느낌이다

그리움이란 단어를 나열해 써보지만 아무 생각 없는 표정

뿐이다

나의 그리움은 무엇일까?

아무도 모르게 그녀를 지켜본다

건물 한구석 귀퉁이에 앉아서

그녀의 불 꺼진 창을 멍하니 바라본다

그리움만 쌓인 가슴에 남아있는

불 꺼진 심장만이 뛰어

뜨거운 숨을 헐떡인다

타 들어갈 듯한 갈증에 혀끝이 타들어 간다

쓰디쓴 침을 삼키며 목을 축여보지만

대답 없는 고요함은 허공만을 허우적거릴 뿐이다

그리움으로…

따스한 봄 어느 날

첫사랑의 불장난

개구쟁이 소년 하나의 오므려진
손에 성냥 한 개비 들려 있었다

망설이고 있던 개구쟁이 소년은
성냥을 켰다

즉시 옆에 있는 지푸라기를
갖다 대었다

지푸라기에 타오르고 있던 불씨들은
이내 불덩이가 되었다

소년은 신기했던지 지푸라기를 집으며
불덩이에 갖다 댔다

따스한 봄 어느 날

점점 활활 타오르며 소년의
얼굴을 달아오르게 하였다

볼이 홍당무처럼 붉어진 얼굴에는
엷은 미소를 띠우고 있었다

불덩이가 조그맣게 움츠러들면
계속해서 지푸라기를 집었다

한참 동안 타들어 가던 지푸라기를
바라보면서 소년은 스르르 눈이 감긴다

얼마쯤 지났을까 고개를 들어보니
불덩이가 조그만 불씨가 되어…

소년은 눈을 비비며 지푸라기를
더듬거렸다

불씨들은 조금씩, 조금씩 사라져가고
소년의 얼굴은 금세 굳어졌다

정성을 다해 입으로 불어보고는
지푸라기를 한 아름 집어놓았다

더 가까이 불씨 앞에 다가가
입으로 후 불었다

불씨 하나가 소년의 가슴에
와 닿았다

소년은 갑자기 뜨거워진 가슴을
부여잡고 뒹굴었다

조그만 게 어찌나 뜨거웠던지 불씨를
엄지손가락으로 튀겨 버렸다

따스한 봄 어느 날

그러나 소년의 가슴엔 빨갛게
달아올라 있었다

동그란 얼굴에는 어느새 눈물이
흘러내리고 있었다

불씨에 댄 살결은 얼마나
쓰리고 아프던지…

한 손으로 흐르는 눈물을 닦으며
조그맣게 속삭였다

한 번만 더 조그만 불씨들을…

사랑하고 싶어요

내가 서 있는 여기가 원래 내가 있던 곳이 아니었습니다
그저 서 있을 곳이 여기밖에 없어, 서 있을 뿐이지요

지금 내가 경험할 수 있는 것은 없습니다
가 버린 시간을 돌릴 수 없어 그저 서 있는 거지요

어디 가서 찾아 헤메이는 내 자신은 떠돌이와 같습니다
하늘 아래 어딘가에 있는 마음을 잡기 위해 떠납니다

힘을 다해 산을 올라 소리 높여 불러 보지만,
대답 없는 메아리만 들려옵니다

따스한 봄 어느 날

고개를 들어 가만히 생각에 잠깁니다
허무하고 너덜너덜한 나, 헤메이고 혼자인 나를 쳐다봅니다

저 멀리 하늘을 보며 말합니다
사.랑.하.고.싶.어.요.

생텍쥐페리의 여우

어린왕자는 여우의 부탁으로 친구가 되었다
여우는 어린왕자에게 길들여져갔다

"나를 기다리지 마요.
당신이 나를 잊지 못하는 슬픈 모습을 보고 싶지 않아요."

"당신은 나를 길들여 놔서
언제까지나 나를 기억해 줬으면 해요."

어린왕자는 떠났고
여우는 어린왕자를 잊었다

단지 밀밭의 황금빛이
어린왕자였음을 기억할 것이다

여우는 다시 인연을 만들기 위해
누군가에게 다가가 새로운 세상을 만들어 갈 것이다

여우는 이별을 할 때까지
기다리고 길들여져 갈 것이다

여우는 아름다운 추억을 나눠주는
사랑의 메신저일 것이다

유리알

내가 너를 봤던 처음 그 느낌 그대로
언젠가 이글을 쓰고 있는 내 마음을 생각하고 있단다
그 설레임 기쁨 행복감 그리고
다가가면 갈수록 무언가 알 수 없는 흐느낌을 알 수 있었지

추운 겨울 옷깃을 여미듯 서로의 마음을 꼭 닫은 채…
시간이 흘러 시작되는 무거움은 사라져 가고
나는 길들여지는 듯 너만의 시계를 쳐다보며
마음은 허공의 구름처럼 가벼이 흘러가고 있었단다

따스한 봄 어느 날

물끄러미 생각에 잠기며

한자리에서 하늘빛 태양과 흙의 자연을 벗삼아

웃음 지며 지켜보던 내가 네게 아늑한 쉼터와 그늘이 되어

지켜주리라는 약속은 없어 한 가닥 갈대가 되어버린 마음

미안하구나

항상 마음을 다스려 보지만 내 믿음이 부족하기에…

회상

우리 이제 눈물 흘리지 마요!
그대가 내 눈물 머금고 있으면
심장이 시리도록 아파옵니다

우리 이제 얼굴 붉히지 마요!
그대가 내 모습을 비추고 있으면
다리가 꼼짝없이 얼어붙습니다

우리 이제 서로의 마음을 보기로 해요!
그대 가슴에 내 마음 파아란 파도를 느껴 봐요
들리지 않나요?
잔잔한 물결이 밀려오는 소리가

따스한 봄 어느 날

가만히 들어 봐요!
속삭이듯 소리 없이 왔다가
지나쳐버린 우리들의 추억들을…
들리시나요?

20140416 Remember

천지가 요동치듯 쿵쾅대는 이 소리
어느 하나 들으려 하지 않은 이 소리
잠시 있다가 제대로 말 못한 이 소리

들리나요
바다아래
이소리가

그렇게 발버둥 치고서 숨이 꺾인
조용하니 하나, 둘 보이는 하얀 얼굴
차디찬 몸을 하고 놀란 듯 누워있는

보이나요
갑판위에
하얀얼굴

따스한 봄 어느 날

가슴이 찢어지도록 불러보아도

사진을 부여잡고 눈물 흘려도

다시는 볼 수 없고, 대답 없는 곳으로 간

아시나요

하늘위에

천사들을

참회

죄송합니다
당신에게 하지 말아야 했을 말들
당신의 마음이 얼마나 아팠을까 생각하니
내 자신이 한없이 무거워집니다
그때 그 말을 왜 했을까?
아무 생각 없이 했던 말이
당신에게는 비수가 되어 가슴에 꽂혔다는 것을
나는 왜 몰랐을까요
조그만 당신을 생각하고 말했었더라면
이렇게까지 나와 당신이…
참았어야 했습니다
하지 말았어야 했습니다
어리석은 인중이 나불대는 소리를…
죄송합니다

따스한 봄 어느 날

참회 2

사랑합니다
당신을 정말 사랑합니다
철없이 행동하고 말을 해도
당신은 진정 저를 사랑했습니다
언제 어디서나 몇십 년이 흘러도
항상 변치 않을 사랑을 주셨습니다
나는 당신의 사랑이 그런 사랑을
이제야 알 것 같습니다
내가 아무리 당신에게 반항하고 멀리 도망쳐도
나는 당신의 영원히 지울 수 없는 그림자인 것을
이제야 알 것 같습니다
사랑합니다

차차

검은 고양이
검은 고무 고양이
검은 수염 고무 고양이
검은 털이 긴 수염 고무 고양이
검은 배가 터진 털이 긴 수염 고무 고양이

나의 고양이
하나의 이름 검은 고양이
검은 고양이 차차를 불러 본다
내게로 다가와 꼬리를 스쳐 지나간다
세상 어디에도 없는 아름다운 검은 고양이

따스한 봄 어느 날

첫사랑

내 기억 사이로 무심히
떠오르는 내음
그 내음은 언젠가 내게
큰 상처를 남겨 주었다

향기로운 듯 아스라한
미지의 향은 나를
몇 밤 며칠을
노곤히 취하게 하였다

감겨 오듯 스르르
한없이 안겨 오는데
그건…
설레인다

따스한 봄 어느 날

저항이라는 몸을 힘없이 가만히
아무런 소리 없는 허공을
가냘픈 몸부림을
하여 보지만…

하늘 아래 그 누가 있는가
오직 그대의 몸짓
향기로운 내음
그대와 나만의 호흡만이…

내 안에 남은 건 홀연히
날아가 버린 텅 빈
싸늘히 식어버린 거죽
메말라버린 가슴뿐

슬그머니 가버린 날들은
이제 잊혀지고
다시 들어올 자리엔
따사로운 햇살이 비추네

젠틀보이

안녕!
안녕하세요!

오늘은 무슨 일이 있었니?
친구들과 싸우지 않았고?

모해?
뭐 하세요?

회사에서 일하지
조금 있다 끝나면 갈게

모야?
이게 뭐에요?

따스한 봄 어느 날

내게 상냥하게 인사하고 묻고 이야기 하는 넌,
이 세상 그 무엇과도 바꿀 수 없는 나의 심장이야!

나의 아들아!

남과여

새빨간 사과다
돌려 보고 모양을 확인하고 냄새 맡고 먹는다
잘 익은 사과라 그냥 먹는다

하얀 나비다
물끄러미 바라보며 연신 나비라고 좋아라 한다
손으로 멀리 내쫓는다

노란 스포츠카다
눈이 가요 눈이 가 달리는 방향으로 쳐다본다
슬쩍 쳐다보고 시끄럽다고 한다

파란 자켓이다
입어 보고 만져 보고 거울을 보고 가격표를 본다
가격표 확인하고 자리를 뜬다

골드색 핸드폰이다
화려한 케이스와 화면은 예쁜 일러스트이다
가죽 케이스와 화면은 클라밍 하는 자기 사진이다

검정 고양이다
나비야 한 번 불러 보고 다가오면 쓰다듬어 준다
고양이보다 강아지를 더 좋아한다

따스한 봄 어느 날

나의 무덤

가려진 돌무더기가 없었으면 합니다

너무 무거워 멀고 먼 길을
쉬이 가지 못할 것 같아 가벼이 가고 싶습니다

축축하니 흙을 덮지 않았으면 합니다

비가 온 뒤 질퍽거리는 흙 길은
누군가 내게 오기 힘들 것 같아 보입니다

하늘 위로 휘 뿌리지 않았으면 합니다

안 그래도 삶이 파란만장하니
바람결에 정처 없이 날리고 싶지 않습니다

저는요…

CHAPTER 3

인생

가면

뒤에서 누군가 지켜보고 있다
누군가 내 자신의 또 다른 얼굴을 하고선
지켜보고 있다면,

내게서 다른 이의 얼굴을 보고
몸을 최대한 숨겨보지만
어디 한 곳 숨을 곳이 없다

또 무슨 일을 저질러서
이렇게 가슴이 벌렁벌렁 거리는지
숨이 탁 막혀온다

주체할 수 없는 몸짓으로
타인을 해하지 않았을까
내심 걱정이 된다

따스한 봄 어느 날

그 얼굴을 보고 깨닫는 순간
내 자신은 벌써 행동을 마치고
아련한 미소와 함께 두려움만이…

보이고 싶지 않는 얼굴을 하고선
제대로 몸짓 못하는
내 자신이 왜이리 무서운지

그래서 나는 가면을 쓴다

죽은 자의 기억 너머

천지가 어찌하여
아직도 그 자리에 있거늘
나를 받들지 못하나

천지의 장막을 걷어내니
암흑과 계단 길
안내하는 스컬

나를 암흑 길에 놔두노
아직도 세상에 있는데
나를 왜 데려가나

따스한 봄 어느 날

어리석은 자여
세상은 없고 자신도 없거늘
무엇을 그리 탐하는가

죽은 자의 영혼은
세상의 무게를 내려놓지 못하고
불구덩이 속으로 떨어지려 하나

나는 네가 아니어서

왜 이럴까?

사람들은 자기 생각 말하기를 좋아하지 않는다
왜 그럴까?
네가 내가 아니어서

나는 네가 무엇을 하고 있는지 물어보지 않는다
왜 그럴까?
나는 네가 아니어서

나는 네게 물어 본다
당신은 정말 나를 아시나요?

따스한 봄 어느 날

어릿광대

세상 사람들이 웃는다

이 세상 사람들 모두가 웃는다

나는 광대가 되어 사람들을 웃긴다

검은 눈썹, 진한 마스카라와 커다란 눈망울을 하고

펑키스타일의 머리와 앵두같이 조그만 입술 그리고 3XL 정장

이렇게 내 모습을 감추고 세상 사람들을 웃기고 웃으며 쇼를 한다

나는 광대다

외눈박이에 팔이 하나 없고, 다리 하나 없는

나는 광대다

아무도 알지 못하는 내 자신의 모습을 아무도 알려 하지
않을 것이다

그래서 다시 또 나는 어릿광대가 되어 무대에서 웃으며 쇼
를 한다

따스한 봄 어느 날

겸손의 연대기

10
생각이 많아
하고 싶은 것 많아
욕심도 많다

20
뜻을 세워가려했으나
노력이 부족하여
다시 깃발을 세운다

따스한 봄 어느 날

30
이것도 해 보고
저것도 해 보고
안 해본 것 없이 후회 없다

40
겸손을 생각하니 아직도 아집
자존심을 생각하니 이기심 많은 독선
성공을 생각하니 겸손과 자존심이 없다

자화상

넥타이 풀어헤치고
머리를 잔뜩 감싸며
거울을 응시하는 사내

불빛으로 가려진
욕망 가득한 얼굴
짓눌린 어깨를 한 사내

꼭 깨문 입술은
화나고 금방이라도 터질 듯
타협할 수 없는 표정의 사내

일어서 앞으로 가려거든
나를 버리고 참고 견디며
사내는 더 이해하려 생각한다

따스한 봄 어느 날

존재의 의미

나는 없다

무얼 생각하며 어떻게 살아가는지
누가 알려 주는 이 없어 나는 없다

하고 싶어도 가진 것 없어
그래서 해 줄 수도 없어 나는 없다

이 길을 걷고 있어도 나침반 없어
계속 묵묵히 걷기만 하는 나는 없다

나는 없었다
나 혼자여서 필요가 없었다

따스한 봄 어느 날

공허

오늘 하루가 다 가고 나면 나는 무엇을 할까

아니 다음에는 무엇을 할까

하루하루가 내 자신에게 공허감을 안겨준다

내 자신도 모르게 무력감과 함께한다는 느낌을 준다

오늘도 난 정도의 길을 걷지 못했다

길은 알고 있지만,

너무 빨리 지나쳐 버리는 시간들을 붙잡아 두기는 힘들다

가만히 눈, 귀를 쫑긋 세워 보아도 아무도 막지는 못 할

뿐이다

단지 내 자신만이 움직이지 않을 뿐이다

또다시 슬픔이 밀려온다

과거에 했던 길들이 다시 되풀이 되고

붙잡고 싶은 시간들이 가고

현재의 나는 쫓아간다

다시,

채워지지 않은 마음만이 있어

그것을 추슬러 보지만 막지는 못할 것 같다

그래서 슬프다

내게 소유욕은 없지만 무언가는

붙잡고 싶다

무엇인가를…

그게 무엇이든 간에

이렇게 또 하루가 지나간다

굴레

미친 듯이 발버둥 쳐 보아도
몸을 움직일 수 없다
초점 잃은 눈동자만

꿈이었으면

돈을 모아 보아도
어디론가 빠져나가는
텅 빈 지갑만

꿈이었으면

자리에서 떠나고 싶어도
내 옆에서 기다리는
사회의 전쟁터만

꿈이었으면

나을 벗어던지며
힘겹게 달려간다
꿈을 좇아서

귀머거리

그대의 목소리가 안 들려요!

아~ 아~

이제 하늘은 검정하게 보일 것입니다

누가 하늘이 파랗다고 하여도

당신은 희뿌연 장막 아래 빛은 보이지 않을 것입니다

아무도 당신을 손가락질하지 않을 것입니다

누군가 어떠한 행동을 해도 당신은 슬픔뿐일 것입니다

단지 어두운 화면이 스쳐 지나갈 뿐입니다

마음으로 생각해도 그 대답은

엑스레이에 비춰진 훌렁훌렁한 뼛조각뿐일 것입니다

공허할 뿐이지요

괴롭겠지요!

맘에 없는 말은 할 필요가 없습니다

그 말들은 모두 장막 아래 놓여 있어

인화되지 않은 사진처럼 검푸른 것일 테니까요

말을 할 수 없을 테지요
이 세상의 만물을 볼 수 없으니까요
슬픕니다
주위의 모든 것들을 듣기도 싫겠죠
당신 이외의 것은 믿지 못하니까요
결국은 귀머거리가 되겠지요!

기도

제 모습이 보이시나요
초점 없는 눈가에
축 처진 어깨

제 삶이 어떠한가요
팍팍해진 가슴에
이성 없는 머리

제 운명이 비록 여기까지일지라도
한 번만 더 일어설 수 있는 용기를
다시 한번 걸어 갈 수 있게 힘을 주소서

따스한 봄 어느 날

감기몸살

뻑적지근 몸을 세워 일어나다
양 어깨는 천근만근
얼굴은 빨갛게 달아오르고
눈꺼풀마저 퉁퉁 부어있다

죄어오는 답답함에 물 한 모금
가슴을 부여잡고 큰 기침
머리가 깨질 듯 아프고 어지럽다
입술마저 마르고 타들어 간다

며칠 으슬으슬 몸이 춥다하니
별일 아닐 거라 생각하여
저녁 회식과 과음, 늦은 퇴근
콧물과 잦은 기침 목은 쉬어갔다

따스한 봄 어느 날

뜨거운 샤워 찜질하고
와이셔츠와 넥타이는 조여오고
이마엔 식은땀이 송글송글
출근하는 발걸음이 무겁다

현재

눈을 감습니다
눈을 떠보니 어느덧 흰머리가 덮여 있네요

걸어갔습니다
이젠 더 낯선 장소가 아닌 항상 그 자리에 있네요

생각을 합니다
가족 친구 회사 그리고 아픔이 있네요

난 제자리인데
시간은 흘러가네요

따스한 봄 어느 날

죽은 이의 소원

사진이 서로 줄 맞춰 걸려있고
숫자와 이름
맨 밑 연도에서 연도까지

과거에는 누구의 누구
누구의 아버지, 어머니
누구의 아들, 딸

냉랭한 공기가 흐르고
소리 없는 울음소리와
초점 없는 눈은 한곳을 응시한다

너무 적막하고 외롭고
쓸쓸히 서로의 사진과 얼굴 마주보며
산 이의 마음을 읽고 있다

그래, 언제나 착하고

오래오래 건강하게

삶이 다할 때까지 행복하게 살려므나

운명

운명은 하나입니다

하나의 선택은 없습니다

단지 하나의 운명을 회피하고 싶을 따름입니다

회피하고 싶은 내 삶의 역경이 두렵습니다

내 삶이 두려운 것은 아니지만 그것에 따르는 정도가 힘들
뿐입니다

정도의 길을 걷는 것은 더욱더 힘들다는 것입니다

가야 할 길은 오로지 하나인데 우리가 미처 생각하기 전에

지나치거나 아님 모른척하기도 합니다

지나쳐 버림은 다른 삶을 산다는 것이고

모른척 함은 그 삶을 부정하는 것입니다

이런 말이 떠오릅니다

"삶이 그대를 속일지라도…"

현재의 삶을 부정할 수 없다면야 미래의 삶이 어떻든 간에

부딪쳐 보아야 할 것입니다

따스한 봄 어느 날

아무리 삶이 그대를 속일지라도…
왜냐고요, 운명은 하나입니다
다시는, 다시는… 어느 누구도 자기 삶을 살아 주지는 않는
다고요!
영원히…

바꾸로

이 세상 너머 어딘가에

내가 생각하는 어딘가에

말하지 않은 어딘가에

나가고 싶다

버리고 싶다

도망치고 싶다

내 자신으로부터

바.꾸.로.

따스한 봄 어느 날

초조

심호흡 크게 한번
후흡~ 스으흡~

가슴 한쪽이 뻐근 답답하고
쿵쾅~ 쿵광쾅~

몸이 이리저리 안절부절
덜덜~ 덜덜덜~

눈가에 뻑뻑한 눈물이
비비적~ 비비적~

손가락이 무의식적으로
타닥~ 타다닥~

입술은 바짝바짝 말라가며

꼴깍~ 꼴깍~

그리곤 한숨만이

후~ 아~

소나기였으면

쏟아지는 비를 맞고
빨리 지나갔으면

삶의 굴곡이 이리도 깊고 험난한지
조금 더 올라서서 산허리쯤이었으면

시간이 흘러 책임이 더 짓누를 때
과업이 더는 생기지 않았으면

스치듯 아픈 고통이 와도
다음은 안정을 찾았으면

현재 내 인생의 과욕이면
짊어지고 가야 할 삶의 무게일 것이다

소나기였으면…

따스한 봄 어느 날

어제와 똑같이

컴퓨터 ON
패스워드 넣는다
메일을 읽어본다

보틀에 차 한 스푼
따뜻한 차 한 모금
목구멍을 타고 흐른다

의자에 앉는다
오늘은?
어제와 똑같이…

갈망

나는 간다
걸어야지
어디든
내가 갈 곳은
알 수 없지만

걷다보면
보겠지
무엇이든
볼 수 없는 것은
없을 테지

무엇을 찾으러
무엇을 버리러
무엇을 가지러

따스한 봄 어느 날

무엇을 생각하며,
무작정 간다

걷다보면 볼 수 있겠지

유리벽

삼백육십, 이백사십, 백이십
흘러간다, 키보드 숫자판 사이로 돈이 흘러간다

스르륵, 스르륵, 스윽
내려간다, 점점 의자 밑으로 엉덩이가 내려간다

차곡, 차곡, 산더미
쌓여간다, 결재판들이 책상높이 쌓여간다

이구,

내참,

휴후,

언제 유리벽을 깰 수 있을까?

따스한 봄 어느 날

족쇄

사람들은 자기들의 살아가는 모습을 어떻게 표현할까?

진정 내가 사는 삶은 어떤 것일까?

사람들은 제각기 맡은 역할이 있을 것이다

나도 집에서의 위치 그리고 밖에서의 위치가 있다.

그들의 역할은 어떤 것일까?

보다 나은 삶을 위해 사는 것!

오직 살려는 생존을 위해,

아니면 나를 위해!

왜, 제각기 그러는 것일까?

우리는?

그건 아마도 이 지구상에 존재하는 이상 피할 수 없는

운명의 족쇄에 채워져 있는 한 서글픈 사람일 것이다

그들 역시 나와 같은 사람이다

후회

두 손 고이 모아 합장하며
나지막이 마음속 깊이 되새겨 봅니다

죄송합니다
다시 한 번 말해 봅니다

지나가 버린 아쉬움에
못다 한 이야기와 저희들의 초라한 모습들

죄송합니다
엎드려 인사합니다

부디 가시는 걸음일랑 편안하게 가시옵고
저희들 못난 행동들을 용서해 주세요

따스한 봄 어느 날

죄송합니다
아버지…

따스한 봄 어느 날

TO. _____

FROM. _____

TO. _____

FROM. _____

TO. _____

FROM. _____